쿤타킨테라
불리운
소년

쿤타킨테라 불리운 소년

펴낸날 2022년 5월 31일

지은이 강나루
펴낸이 주계수 | **편집책임** 이슬기 | **꾸민이** 전은정

펴낸곳 밥북 | **출판등록** 제 2014-000085 호
주소 서울시 마포구 양화로 59 화승리버스텔 303호
전화 02-6925-0370 | **팩스** 02-6925-0380
홈페이지 www.bobbook.co.kr | **이메일** bobbook@hanmail.net

ISBN 979-11-5858-877-9 (03810)

강나루 시집

쿤타킨테라 불리운 소년

밥북

청령포에도 봄이 찾아왔다.
집에서 내려다보이는 수변공원과
가끔씩 지나가는 자동차의 소음도 들리지 않고
그저 한낮에도 울어 대는 수탉의 울음소리만 들릴 뿐
마을 어귀에 자리 잡은 청령포초등학교 깃대의 태극기만
바람에 이리저리 흩날린다.

'쿤타킨테라 불리운 소년'의 어설펐던 꿈을
'미류未類'를 통해 간직할 수 있었고
이제 그 결실을 보려 한다.
따스한 커피 한 잔을 마시며 오후로 접어드는
풍경風景을 감상한다.

가슴에 묻어 두고 꿈을 이루기까지 37년의 세월이 흘렀다.
설레는 맘으로 첫 시집을 여는 글을 쓰는데 며칠 밤이 지났다.
자서전처럼 화려한 미사여구美辭麗句 없이 가슴의 이야기를
부끄러운 마음으로 시구의 행간을 써내려 왔다.

그동안 가족이라는 이름으로 맺어진 아내와 딸과 아들에게 고맙고 사랑한다는 마음을 전하고 싶다.

2022년 3월의 마지막 일요일에

청령포 서재에서

강나루 쓰다

차례

제1부

제2부

제3부

제4부

제1부

178킬로미터의 여행

영월에서 서울까지 178Km
2시간 30분 동안
얼굴도 모르고 목소리만 익숙한
'내비' 여사의 안내를 따라 움직인다

차창 밖으로 쏟아지는 가시광선은
흐르는 풍경을 보석처럼 빛나게 하고
올빼미 눈을 남겨놓고 어둠 속으로 사라진다

봄, 여름, 가을, 겨울을
한결같은 실선을 따라 움직이는
네 바퀴의 철가방이
한숨을 몰아쉬며 지친 나를 달랜다

문득 지나치는 일상 속에서
멍하니 주시하는
두 시간 30분 동안
아내보다 친절한 여자에게 빠져
목소리 연애를 종료한다

가장 아름다운 만찬

아버지의 밥상에 육회가 올라왔다
오늘 아침 닭장에서 꺼내온
달걀노른자에 참기름, 깨소금을 품은
선명하게 붉은 육질을 바라보느라
눈이 돌아갈 지경이 되어

두 손을 턱에 고인 채 말없이
아버지의 젓가락질만 무심히 바라보고 있으면
빙그레 웃으시며
한 젓가락 입에 넣어주시던

부자지간의 모습을 곁에서 지켜보시느라
어머니의 얼굴에도 붉은
복숭아 물이 들고,
살아오면서 가장 아름다운 만찬이었던 순간이다

강물을 따라가면

한강 낙동강 발원지 태백에서
굽이굽이 꼬리에 꼬리를 물고
뱀처럼 흘러
바다에 다다르면,

한 많은 나그네의 시름도
굽이굽이 꼬리에 꼬리를 물고
별처럼 흘러
하늘에 다다른다

한바탕 부둥켜
얼싸안고
희로애락喜怒哀樂을
녹여내면
가슴마다 따뜻한
풀 포기 하나 돋아나겠다

강나루에서

구월을 여는 첫 번째 월요일
반가운 친구가 찾아왔다

강과 넓은 하천
바다의 좁은 목에 배들이 쉬는 곳

오가는 사람들의 사연이
머무르고, 쉬는 곳

기쁨과 슬픔, 희망과 절망을
마주하며 이야기꽃으로 어루만져주는 곳

사람의 소리를 듣고, 보고, 마음을 느끼며
시詩처럼 살라 하네

걸으면 보인다

출근 가방을 메고 아직은 차가운 아침 공기에
시린 손을 비비며 익숙한 풍경 속으로
발걸음을 내딛는다

청령포 저류지 언덕 아래로
마른 풀잎과 낙엽이
뒤엉켜 새싹의 아우성에 몸부림치고 있다

저류지에 갇힌 강물이 잔잔히 흐르다 갑자기
불어오는 바람을 따라
바둑판 모양으로 물결친다

내가 지나온 시간도 그러했을 것이다

바둑판처럼 정해진 길을 걸어왔지만
어디선가 갑자기 새싹이 밀고 나오면
몸을 가누지 못하고 뒤척였을 것이다

갑자기 부는 바람처럼
출렁거렸을 것이다

봄을 시샘하다

3월의 끝자락
청령포 동강 저류지 산책로를 걷는다

여기저기 지난 계절을 화려하게 보내고
말라버린
이름 모를 꽃들의 흔적을 발견한다

언 땅에서 풀려난 흙이
긴 겨울의 마지막을 열고 몸부림치는 동안
기어코 새순은 계절을 밀어 올린다

바람이 흐느끼는 소리도
흙이 깨어나는 숨결도
물의 온도를 어쩌지 못하고
연둣빛 하늘을 연다

사랑을 훼방 놓다

비 그친, 청령포 주차장으로 차를 몰고 들어서다
주차장 뒤쪽이 신경이 쓰여 백미러로 고개를 돌리니
고양이 두 마리가 사랑을 하고 있다
내 차를 발견하자 엉켜있던 두 마리가 황급히 떨어졌다
서둘러 눈치를 보며 자동차 시동을 껐다

암고양이는 좁은 방지턱 위에 덩그러니 누워 이리저리
뒤척이고
수고양이는 물끄러미 암고양이에게 다가선다
암고양이가 알 수 없는 소리를 토해낸다

수고양이는 넌지시 암고양이를 쫓는다
암고양이가 멀리 달아나지 않은 채
축축한 아스팔트 위로 등을 비빈다

수고양이는 또 뒤따라 달려들고
암고양이는 도망도 안 가고 적당한 거리를 두고
나뒹굴며 비비기를 반복한다

순간 덩치 큰 수고양이가 나를 원망하듯 노려본다
들켰다!
흠칫 난 딴 척을 한다

살며시 내 시야를 벗어나 주차된 다른 차 아래로
숨어들었다
차에서 내려 딴짓하듯 멋쩍게 머리를 긁적이며
자리를 비켜주었다

오늘 나는 누군가의 사랑을 훼방 놓았다

느리게 움직이는 것들

거대한 빌딩 사이
4차선 횡단보도에 녹색 신호등이 켜졌다
어린 손녀는 허리 굽은 할머니를 부축하고
발걸음을 재촉한다

녹색 신호는 서두르듯 깜빡거리며 중지中止를 향하고
절반을 건넌 할머니와 손녀의 이마엔
애처로운 땀방울이 맺혀있다

횡단보도 중간 쉼터에서 숨 고르며
머뭇거릴 때 정차된 자동차는
출발 신호에 움직이지 않는다

피아노 건반 같은 실선에는
베토벤의 선율이 흐르는
멈춰진 시간 속을
할머니가 손녀의 몸짓 따라 나비처럼 날아간다

베토벤의 선율이 끝날 무렵
자동차는 경적 소리 없이
횡단보도를 지나갔다

30초 동안 펼쳐진 베토벤의 선율은
시간을 늘려야 보이는 것들을 느리게
보여주었다

다시 꾸는 꿈

'미류未類문학동인회'로 청소년기에
시詩를 만나 막연하게
시인詩人의 꿈을 꾸었습니다

그리고 어느덧
지천명知天命의 나이를 지나
가슴에 묻어 두었던 그리움을
만지작거리며
꺼질 것 같던 불씨를 다시 피웁니다

우연히 찾아온 봄의 따스한 기운으로
시를 만나고 습작을 하며
잃어버린 꿈을 찾아 1년의 시간이 흘렀고
두근거리는 마음은
'출판기념회와 시화전'을
향해 한 걸음 다가갑니다

꿈을 꾸던 청소년이
세월의 강을 건너
중년의 나이에 꿈을 만나
심장이 뜨거워지고 있습니다

손가락 끝으로 전해 오는
언어의 온도가
뜨거워지고 있습니다

돌고 돌아가는 길

내가 태어나기 전에 큰어머니와 첫째 누님이 돌아가셨다
코흘리개 시절 친할머니가 돌아가셨다
고등학교 2학년 때 날 낳아주신 어머니가 돌아가셨다
외할머니도 돌아가셨다
셋째 매형이 돌아가셨다
시간이 흘러 구순을 훌쩍 넘기셨던 아버지가 돌아가셨다

우리 집안의 큰조카가 자살로 세상과 이별했다
셋째 누님이 암癌으로 돌아가셨다
아버지께서 세 번째로 맞이하신 어머니가
노환老患으로 돌아가셨다

7남매의 막내로 태어나 생生을 알기 전에
죽음을 먼저 생각하게 했던 많은 시간이 흘러
세월의 굴레로 다가왔다

이제는 부모 없는 고아 신세가 되어 버렸지만
꿈속에서라도 만나고 싶어 불러보아도
공허한 메아리로 외쳐질 뿐
가족의 생로병사生老病死를 품에 안고
세월은 덧없이 흘러간다

발가락이 닮았다

275밀리 운동화 속 아들의 검지발가락은
발아래 푹신 거리는 밑창의
포근함도 잊은 채
엄지발가락 머리만큼 툭 튀어나와
밑창에 숨구멍을 토해낸다

슬리퍼 밑창도 땀구멍을 내며 숨을 쉰다
신발 아래로 밀려드는 바쁜 일상이
바람에 시원함을 선물한다

발아래 스치는 바람과 흙먼지를
감싸 안으며
몸을 안내하는 동안
기쁨도 슬픔도 희망도 좌절도 함께
나누는 검지 발가락에도
피곤함이 밀려와
시위를 한다

아들의 검지발가락은
할머니의 검지발가락을 사랑하고
큰아버지의 검지발가락을 동경하며
내 발가락을 흉내 내고 있다

자식의 발가락은 세월이 지날수록
오래된 유전자를 닮아가는
이상한 습관이 있나 보다

방구석 놀이

비 오는 일요일 오후
책상 위 모니터가
네모난 세상을 연결해준다

눈곱이 겹겹이 내려앉은 채로
침침한 눈을 부비며
나무뿌리 흩어진 실핏줄은 시야를 방해한다

독수리 자판 두드리는 소리가
느리게, 때로는 빠르게를 반복하며
마음만 앞선 장단 맞추느라 여념이 없다

비는 그칠 줄 모르고
네모난 세상도 그칠 줄 모르고,

다시 시를 부를 때

꿈 많던 학창시절
친구 따라 시詩를 만났다.

어색한 첫 만남은
어느덧 빛바랜 책자로 남아
낡은 책장 속에서 가쁜 숨을 몰아쉬며
생의 틈바구니에 서 있다

빛바랜 쉰다섯 살의 원고지 위에
하나둘 다시 써내려가는 마음의 소리는
아직 익숙하지 않은 채색으로
미생未生의 몸부림을 치고 있다

언젠가는 이 공허함이 깨어나 익숙한 몸짓으로
시詩를 부를 때
형형색색 마음의 빛깔이 무지갯빛으로
깨어나길 기대해 본다

생의 불씨가 살아나길

“어머니 힘내시고 약한 마음 가지시면 안 돼요!”
영월로 출발하기 전에 장모님을 뵈었다
마음이 무겁다

처가 식구들의 눈망울에 애잔함이 서려 있다
장모님이 어려운 고비를 넘기고
요양병원에 입원하시기 전,
잠깐 동안 우리 집에 머물고 계시다

“엄마, 이것 좀 드세요.”
아내가 삼계탕 고기를 잘게 쪼개어
장모님이 드시기 좋게
접시에 내려놓았다

내일이면 다시 입원하신다
병원으로 떠나기 전
그동안 만나지 못한 가족들 얼굴을 보시는
장모님의 눈빛이 초연하다

다시 봄이 오고 있다
장모님 가슴에도 삶의 새싹이
돋아났으면 좋겠다

빛바랜 사진 한 장

어느 날 느닷없이 카톡으로
사진 한 장이 도착했다
우리 아이들의
어릴 적 모습이 담겨 있었다

멈춰진 시간 속에
아이들이 해맑게 웃고 있고
찡그리고 우는 모습이
나를 과거 속으로
시간여행을 떠나게 했다

얼굴을 어루만지며
눈을 맞추고
손을 잡고
토닥여 주던 순간들이
주마등처럼 스쳐
지나갔다

이제는 훌쩍 커버린
아이들이지만
아직도 어릴 적 아기처럼
내 가슴에 묻혀있다

느닷없이 카톡으로 날아온
사진 한 장이 전해준 과거로의 여행이
지친 일상의 선물 같은
단비가 돼 주었다

신履과 발足 사이에는

일요일 오후
영월문화예술회관 가을 시화전에
반가운 손님이 찾아왔다

두 부부의 옷차림은
다른 듯 비슷하게
자연스런 옷맵시와 다르게
어색한 신과 발이 보였다

여자는
여름과 어울리는 조리 슬리퍼를 신었고
남자는
겨울과 어울리는 검은색 털신을 신었다

신발과 옷차림의 언발란스와
우스꽝스러운 모습은
입가에 애교스러운 미소가 되어
조명 불빛 아래 번졌다

신履과 발足에서 풍겨오는
부부의 애정 어린 눈빛과
은은한 미소가
늦가을 풍경을 완성시켜 주었다

시요일

일요일은
일주일의 시작이다

휴식으로 피로를 풀며
가족을 보러 서울을 다녀오기도 한다
때로는 청령포 수변 공원 야생화 길을 걸으며
스쳐 지나는 바람과 수다를 떨기도 한다

저녁 무렵이 되면
일상의 시곗바늘은 다시 현실로 돌아오고

상상의 세계에 돌아와
모든 감각을 원위치로
집중하는 시간이다

별과 달이 마주 보듯
서로를 향해 마주 보는 가로등 불빛과 만나면
시詩의 세계는 깨어난다

나는 이런 시요일詩曜日이 좋다

제2부

아들의 전화를 받고

수요일 오후, 아들이 전화를 했다
내 도움을 요청하는 목소리다

'아빠! 토요일 날 춘천에 올 수 있어?'

주말 오후, 원룸으로 아들을 만나러 갔다
아들만의 공간을 채울 물건 목록을
핸드폰에 저장하고

다이소에 들러 장바구니 가득 물건을 담았다
원룸에 들러 물건들을 내려놓고
춘천 닭갈비 맛집 투어에 나서
원조 닭갈비 막국수 집에서 늦은 저녁을 먹었다

원룸으로 돌아와 짐 정리를 마치고
티브이도 없는 방에서
아들은 게임 삼매경에 빠지고
나는 유튜브로 검색한 추억의 노래 듣기에 빠졌다

시간은 새벽으로 향하고
아들 곁에 누워
넓어진 어깨너머로 들려오는
컴퓨터 자판 두드리는 소리를
자장가 삼아 눈을 감았다

어느덧 훌쩍 커서 독립생활을 시작하는
아들이 대견스럽고
안쓰러운 팔월의 마지막 주말이 그렇게 지나갔다

암포젤엠

어린 시절 내가 살았던 집에는
다락방이 있었다

아버지는 내가 잠들 무렵이면 어김없이 다락방에서
진한 청색의 신비한 병마개를 열고
그 속의 것을 숟가락에 따라 드셨다

아버지가 안 계신 틈을 타
살금살금 다락방으로 올라가
그 신비한 병마개를 열고
홀짝홀짝 들이켰다

달짝지근하고 꽃향기가 나던
그 신비한 약병의 비밀은
내가 삼십 대에 접어들면서 풀렸다

만성 소화불량에 시달리는
체질이라는 걸 알고
병원에서 받은 처방전을 들고
찾아간 약국에서 마주한 익숙한 약병,

어쩔 수 없는 부자지간이란 걸 확인하고
혼자 웃었다

하늘의 수선화로 피어나다

- 서기화 에스더를 추모하며

비바람이 세차게 몰아치던
이천이십년 칠월 십일 저녁 무렵,
하늘을 떠받치고 있던 마지막 기둥이 쓰러졌습니다
평생 자식들 뒷바라지로 노심초사하시던 당신이
뜻 모를 뇌경색과 뇌출혈로 한순간에 반신불수가
되고 말았습니다

일찍이 1945년 음력 칠월 십일
광복의 숨결을 온몸으로 맞이하며
세상과 첫 인연을 맺으신 당신은
충남 서천에서 백의의 천사로 아버님을 만나
경기도 평택 객사리에 터를 잡고 1남 4녀의
꽃을 피우셨습니다

가족의 생계를 위해 복해루라는 중국집을 차리고
밤낮없이 일하면서도 항상 자식들의 본보기가
될 수 있도록 자신을 채찍질하셨습니다
혹시라도 나태하고 교만해질까 두려워
신앙생활을 쉬지 않고 이어오셨고
지혜와 사랑을 몸소 실천하셨습니다

세월이 흘러 네 명의 사위를 맞이하였고
그렇게 여러 해가 지나면서 보물 같은
손자 손녀들을 품에 안아보시면서 가장 행복한
미소를 보여주셨습니다

그리고 막내딸 가족과 함께
중국집 운영의 노하우를 살려 해물 칼국수 집을
경영하시며 막내딸의 손주들을 살뜰하게
챙겨주셨습니다

그러던 어느 날 칼국수 반죽기에 검지가
말려 들어가는 바람에 생인손을 앓는
고통을 겪기도 하셨습니다

당신은 마지막 의식의 순간까지,
오직 자식들과 손주들을 위해 기도하셨습니다
온 가족이 함께 모여 김치를 담글 때면
절인 배추에 돼지고기 보쌈을 싸서
손주들 입에 넣어주시던 그런 분이셨습니다

손주들을 위해 갈비찜 김치찌개를 끓여 놓고
삼삼오오 모여 나누는 이야기를 좋아하셨던
그 따뜻한 손길을 이제 어디서 만날 수 있을까요

이천이십일년 칠월 초하루
막내딸의 모습을 보시며
고통 속에서 전하고 싶은 말도 채 나누지 못하고
그렇게 시린 어둠 속으로
황망히 떠나셨습니다

마지막 이별을 준비하는 동안
운구를 한 걸음 한 걸음 내디딜 때마다
희로애락喜怒哀樂을 함께했던 당신과의 추억이
되살아나 발걸음이 떨어지지 않았습니다

그러나 세상은 야속한 손바닥처럼 차가워서
홀로 천도千度의 열기 속에서
한 줌의 재로 변하실 때까지
아무도 차마 따라가지 못했습니다

제발 이런 자식들을 용서하지 마시고
근심 걱정 없는 하늘 꽃밭에서
다시 만날 그날까지 평안을 누리시길,
어머니였고 할머니였고 자매였던,
아름다운 순간을,
새벽에 가장 먼저 돋아난 별빛을
당신의 이름으로 기억하며 기도하겠습니다

부디 그곳에서 수선화 꽃으로 피어나소서

영월역은 궁서첸니다

입추가 지난 8월의 마지막 날,
영월寧越을 알리는 역사驛舍 평고대 네 귀퉁이에
하얀 달빛이 매달려
서까래 아래로 은은한 숨결이 흐른다

오색단청에 반한 바람의 손길은
세월이 묻어버린 '영월역寧越驛'이란
궁서체 현판 아래 머물러
가끔씩 오가는 발걸음을
부여잡는다

머리 위로 드리워진 밤 그림자는
방랑시인 김삿갓의 익살스런 웃음소리를 지나
동강 속으로 사라지고

바람에 실려 온 초승달은
동해행 무궁화호의 끝자락에 매달려
플랫폼을 서성거린다

영월에 오는 사람들은 모두
동강이 써내려간
달빛 궁서체宮書體에 빠져든다

옥수수의 일생

5월의 어느 날이었을 거다
노부부가 허리를 잔뜩 구부린 채
파종을 할 때는 몰랐다

한 달쯤 지나자 삐죽삐죽
화살표가 공중으로 신나게
느낌표를 만들고 있었다

그렇게 다시 한 달이 더 지나고
드디어 마디가 생기고
근육이 탄탄해지더니
업둥이를 하나씩 데리고 나타났다

연둣빛 강보에 쌓인
아기들은 강보 속에서
나이가 들어가기 시작했고

수염이 거뭇거뭇해지고
우윳빛 몸매를 자랑하며
옷을 벗기 시작했다

그렇게 푸르름 속에서
지난 석 달의 기억을 담은
우윳빛 알갱이들은
톡, 톡 불거지며 입속으로 들어와
고소한 별이 되었다

사랑하는 아내에게

- 은혼식銀婚式을 기다리며

천사 같은 눈이 내린 1995년 12월 24일,
내 생애 가장 소중한 행복이 시작된 날이다
사랑하는 아내에게 끼워줄 결혼반지가 사라져
흉내만 내야 했던 웃지 못할 추억의 날이기도 하다
그날따라 어설픈 눈발이 날렸었다

행복을 품에 안고 제주도행 비행기에 오르기도 했었다
아내와 난 서로 다른 이유로 대장大腸의 시기 어린
질투를 온몸으로 받아들이며 수십 년이 흐르는 동안
큰아이가 태어나고, 막내도 태어났다
그렇게 25년, 아내를 고생시킨 많은 일 들이
주마등처럼 스쳐 지나갔다

2020년 12월의 그 날도 어김없이 눈이 내릴 것이다
천사의 눈물을 선물하는 그 날,
다시 제주도로 가자고 약속했는데
올해는 참으로 일도 많고 탈도 많아
25년 전 그날의
슬픈 기억이 다시 찾아올까 봐 걱정이 앞선다

큰딸과 막내아들은 훌쩍 커버리고
아내와 나는 어느덧 눈가에 주름이 잡힌 채
머리엔 하얀 서리가 가득하다

그 흔한 가족사진 하나 없어 큰맘 먹고
무늬 없는 도화지에
두 번째 인생의 출발점을 그려보았다

올해 크리스마스는 사랑과 행복이 넘치고
가족과 함께하는 소중한 시간을 가져야겠다
그리고 서로의 웃음을 그리며 행복한 순간을 새겨야겠다
흘러가 버린 시간은 고이 간직하고 앞으로 돌아오는 시간
은 아낌없이
사랑하며 살아가야겠다

다시, 25년 뒤 천사의 이마에 흘러내린
한 줄기 빛을 쓸어 올리며
그 고요한 눈빛에 입맞춤할 때까지

이생진 시인

허리를 꼿꼿이 세운
손때 묻은 아흔의 지팡이는
노老시인과 함께한
세월의 흔적을 품고
강연장의 객석 옆에 비스듬히 기대어 서 있다

하루 일만오천 보를 함께 걷고
조석朝夕을 거르지 않고 곁을 지키며
막걸리 한 잔에 흥에 겨워 황진이를 읊을 때
허공을 가로지르는 멋진 춤사위를 따라간다

첫사랑의 기억을 물었을 때,
누구나 다 비슷하다고,
외로워서 시詩를 쓰고
그리워서 시를 쓴다고 했다

'그리운 성산포'를 가슴에 품고
삼천 개의 섬을 떠돌았으며
김삿갓의 슬픔을 담고
My Way, 빈센트 반 고흐를 노래한 시인,

'나는 지금 살아서 시를 쓴다'는 '생자生子'는
적어도 90살은 살아야
인생이 보이고 운명 같은 시詩를
만날 수 있다고 했다
그의 곁에 한결같은 동행으로 서 있는
저 지팡이처럼

자꾸 눈물이 난다

춘천 영인요양병원 안내데스크에 매달려 있는
사각의 모니터 속에 장인어른의 모습이
어렴풋이 보인다
핸드폰 너머로 들리는 희미한 목소리가
바늘처럼 내 눈동자에 들어와 박힌다

"아버님 먹는 거는 잘 드시지요?"
"응 그럼…"
"엄마도 별일 없이 잘 지내고 있지?"
"그럼요. 잘 지내고 있어요."

아버님의 잘 드신다는 말은 거짓말,
어머니가 별일 없다는 말도 거짓말,
서로 거짓말을 하며 서로에게 위로를 건넨다

묵은 돌덩이 하나가
굴러떨어져
가슴을 누르고 지나갔다
그리움의 호수가 흘러넘쳤다

절운재

해발 457m 문산리와 거운리를
넘나드는 옛길에 천하대장군 장승 하나
긴긴 풍파에도 파안대소하며 잘도 버티고 서 있다

늙은 염소가 콧구멍 벌렁대며, 혓바닥 내밀 듯
몸을 뒤로 젖힌 채 꾸부정한 장승은
무심한 세월을 조롱하듯
마을 입구를 바라보고 서 있다

"이보슈! 세월이란, 견디며 살면 다 살 수 있는 거요"

꼿꼿한 자태로 눈웃음 짓는 장승의 심장 속으로
세월의 고개,
숨을 고르고 있다

제비를 기다리며

도심에서는 볼 수 없었던
제비집을
청령포 신아아파트
자전거 거치대 위 처마에서 만났다

콩알만 한 흙 알갱이에
나뭇가지와 지푸라기로 쌓아 올린
조리 모양 제비집에는
제비 새끼의 배설물이
자전거 바퀴와 손잡이에 묻어 있다

유난히 더웠던 지난여름,
제비 가족의 재잘거림으로 눈을 떴다

처서가 지나고
제비집은 어느새
덩그러니 빈 둥지만 남아
벌써 내년 봄을 기다리고 있다

집문서

2021년 3월 4일 쉰다섯 번째 생일날
생애 첫 집문서가 생겼다
강원도 영월군 청령포로 213 신아아파트
권리자 강희동

100g짜리 종이 위에
내 이름이 박혀있다

스물아홉에 결혼하여
전셋집에서 신혼살림을 시작한 지
26년의 세월이 흘렀다

살아오는 동안
내 것이라고
이름 박힌 최초의 '등기권리증'에
법원의 직인이 찍혀있었다

큰누나의 전화

5월의 햇살이 나뭇잎 사이로
실핏줄을 토하는 저녁나절,

큰누나로부터 전화가 왔다
막냇동생에게 오늘 아버지 제사가
있으니 알려주고 참석을 못 한다고
말을 전해달라고 했다

큰누나의 말을 하나도
알아들을 수 없었다
"응 알았어, 제사 잘 지낼게."
"누나는 별일 없지?"라고
서로 자기 하고 싶은 말만 하고
전화를 끊었다

어릴 적 사고로 언어장애가
생긴 큰 누나는 70여년 동안
한결같은 마음으로
가족들의 안부를 전하고 있다

오늘따라 유난히 시린 하늘빛이

푸르게 가슴속으로 내려앉았다

청령포의 수수께끼

아침을 알리는 소리가
청령포를 깨우고 있다

창문 넘어 방절리를 휘감은 안개가
이차선 도로의 안개등 불빛을
하나, 둘 삼키고 있다

연못을 돌아 나온 안개가
가슴을 채우고, 생각을 채우고 있다

풀지 못한 수수께끼를 아쉬워하듯
밀려나지 않는 안개 속을 지나
방절리에서 장릉 가는 길, 오백 년 전
금표비의 비밀은
여전히 풀릴 기미가 보이지 않는다

우물 안 개구리

우물 안 개구리들이 줄줄이
어두운 터널을 네 눈 깜빡이며
동그란 정원을 향해 달려간다

어둠은 서로서로 앞서거니 뒤서거니 하는
개구리가 못마땅한지
시끄러운 소리를 내뱉는다
간간이 비치는 네온등은 어둠을 조롱하듯
깜빡이고
반칙하는 개구리에게 휘슬로 경고를 한다

이곳을 지나면 동그란 초록세상이다
우물 밖 정원은
여전히 알 수 없는
미지의 세계로 나를 끌고 간다

두 눈 뜨고
바라보는 세상 밖으로
반칙이 난무한다

오징어 게임

무궁화꽃이 피었습니다
딱지치기
설탕뽑기
줄다리기
구슬치기
징검다리 건너기
오징어 놀이

10월 연휴가 시작되는 날
딸의 도움으로
넷플릭스에서 오징어 게임을 만났다
동그라미, 세모, 네모

어릴 적 친숙한 놀이가
경쟁과 생존의 틈바구니에서
충격과 놀라움으로 가슴을 요동치게 했다

경쟁, 좌절, 슬픔
배신, 욕망, 폭력
죽음, 회상, 추억
삐뚤어진 사회의 자화상이
스쳐 지나갔다

권력을 가진 승자의 어설픈 추억이 만들어낸
드라마 속에서
처절하게 쪼그라들고 말리고, 시커멓게 타들어 가는
오징어 다리의 빨판처럼
살아가는 우리에게
뫼비우스의 띠가 오고 있다
○, △, □

가을 알람

봉래산 굽이굽이 오르락내리락
시소를 타듯
오색물감 적신 바람이
내 마음을 어루만지면

저 멀리 태화산 소나무와 낙엽송을
만나고 온 바람이
재촉하지 말고
아직 조금만 더 기다리라고
진정제를 놓아 준다

동강 둔치를 따라 피어난
이름 없는 잡초와 낙엽송 가로수 길을
거니는 사람들의 발걸음 소리
가만가만 따라온다

가을이 홍시처럼 익어가는 중이다

꿈을 도둑맞았다

어설픈 잠에 빠졌다
일정한 운율이 흐르는 꿈을 꾸었다

좀 전에 보았던 책 속의 내용이
웅~웅 거리며 추임새처럼 들려오고

고개는 연신 끄덕이며
아는 체를 한다

한순간 눈이 번쩍 밝아오며
새침데기 잠은 너스레를 떨듯

능청맞은 웃음으로
어색함을 달래며
꿈인지 생신지 알 수 없는 장단에
두 눈 껌뻑이며
초점 없는 시선이 길을 찾고 있다

아~~~
오늘 하루의 꿈이 도둑맞았다

제3부

청령포역

10월의 어느 날 때늦은 오후
무성한 잡초만 반겨주는 무인 신호장역

단종의 유배지를 굽이 돌아 흘러내리는
서강의 줄기가 사십육 년 역사驛舍의 외로움을
위로하듯 흘러내리고

어두운 터널을 빠져나온 기차는 서강 철교를 지나며
비운의 세월을 한탄하듯 기적 소리 멀어져 간다

청淸
령泠
포浦
가, 젖고 있다

그리고 다시 가을 알람

10월의 마지막 날
기다리던 오색바람이
봉래산, 태화산을 형형색색形形色色으로 물들였다

소원을 매달고 온 바람이
도심의 골목마다
쪽빛 기다림을 방울방울 떨어뜨렸다

까르르- 까르르
떨어진 나뭇잎 사이로
소풍 나온 아이들의 웃음소리가 쏟아졌다

바람결에 여기저기 흩어지며
나그네의 가슴을 물들인
오색바람이 저녁을 넘어서고 있었다

경기전慶基殿 조과청造果廳에서

10월의 마지막 토요일
태조 이성계의 어진을 모신
경기전慶基殿을 찾았다

궁궐 버금가는 전각을 지나
조과청造果廳에 들어서니
푸른 하늘과 맞닿은 용마루에
오백년 세월의 흔적이
바람처럼 걸려 있다

어정御井에서 물 길어
문지방 위로 열어젖힌 판문을 지나면
희나리의 열기로 묵은 김이 솟아오르고
부뚜막에 늘어선 가마솥에선
늙은 소나무 가지
솔잎마다 물고 있는 전주이씨들의 사연이
매화나무로 변신한
용오름으로 솟구치고 있다

경기전慶基殿 정문을 향한 발걸음에
어느 충신의 술잔인가
나를 따라오며 음복 술을 권한다

시인의 별을 훔치다

'나도 작가' 글쓰기 수업 날
김남권 시인이 말했다
'난 달과 별, 나비에 대한 시를 많이 쓰니,
하늘에 있는 달과 별은 모두 내 거야'
'큰 별 작은 별 모두인가요?'
'별에 대한 시를 쓰려면 사용료를 내야 해
큰 별은 백 원, 작은 별은 십 원'

큰일 났다!
별에 대한 시를 쓰려는데
걱정이다

하늘에 별이 총총 빛난다
오리온, 쌍둥이자리, 북두칠성
청령포 위에 반짝이는 별을 보았다

오리온자리 큰 별 네 개, 작은 별 아홉 개
쌍둥이자리 큰 별 여섯 개, 작은 별 열한 개
북두칠성 큰 별 일곱 개

일천구백원의 별을 세며
조바심이 나는 마음으로
청령포 굽이치는 서강에 반짝이는
별을 줍는다

소백산 천동바위

천동탐방소를 지나
등산길로 접어들면
만나는
공룡의 등처럼 굽어 있는 바위 하나

몇 만 년을 살았는지 알 수 없는 나이에
초록색 등껍질을 겹겹이 껴안고
힘줄이 울그락불그락 터져 나와
가을바람으로 홀연히 떨어진 단풍이
군데군데 붙어있어 누더기 걸쳐 입은
초라한 모습을 하고 있다

계곡의 물소리는 웅~웅~ 거리며
눈물을 닦아주면
지나는 등산객의 사각거리는
발걸음 소리에 움츠려
굽은 허리는 더 깊어만 간다

청령포의 아침

어둠이 채 가시기 전
창문 넘어
온 세상이
묵은 안개로
병풍처럼
펼쳐져 있다

안개 저편 청령포로 가는 길
미궁 속에서 헤맬 때
새벽을 깨우는
닭 울음소리 들려오고,
물먹은 햇살이 별빛처럼 따라왔다

판도라의 상자를 열다

32년 전 병역수첩,
28년 전 첫 직장의 월급명세서 375,280원
26년 전 사랑하는 아내와 주고받았던 연애편지

26년 전 결혼식장 영수증
26년 전 히로시마 YMCA
45일간 국제 캠프에서 만들었던
나무 펜던트, 일본 전화카드 15장

20년 전 퇴직금을 못 받아
작성했던 발신인 없는 내용증명서
17년 전 딸에게 받은
크리스마스 카드

과거의 시간 속에 머물며
장편 영화 파노라마 영상이
오늘 밤 추억에 취해
새벽이 오는 소리가
두렵지 않다

100년 후쯤 아직 세상에 오지 않은
손자와 손녀들이 내 타임머신을 개봉한다면
판도라의 비밀도 밝혀질 것이다

만두饅頭가 정분 났다

월요일 나른한 오후 네 시
김남권 시인과 함께
나타난 만두가 군침이 돌았다

김치만두
고기만두
만두에 둘러앉아
이야기꽃을 피우며
속살이 탱탱한 만두가
저마다의 입속으로 사라질 때

시인의 손에 들린 만두가
두 동강 났다

훼방꾼 앞에
헤어짐이 서글픈 듯 서로 엉겨 붙은
만두 피皮가 찢겨져 속살을 드러내며
피눈물을 흘렸다

'아, 만두가 정분 났다!'

별이 잠든 사이

아침이 오는 사이
별이 잠들고
새벽 안, 개*를 몰고 왔다

발아래 교회당 십자가 불빛은
저 홀로 붉게 빛나고

분주하게 움직이는
아침은
별이 깰까 봐
안개도 밀어내고
고요한 아침을 맞이한다

---

* 개: [명사] 강이나 내에 바닷물이 드나드는 곳

11월의 하루

이른 아침
샤워로 잠든 몸을 깨우고 출근 준비를 서두른다

느린 바람이 얼굴에 닿는
느낌이 싫지 않다

사무실에 들어서니
요란하게 울리는 커피머신의
향긋한 커피 향이
가득 번진다

한 잔의 커피와 함께
하루가 시작된다
이따금 울리는 전화벨 소리
결재서류,
따각따각 울리는 자판 소리가
침묵을 깨는 오전이 지나면,
동강 둔치로 나가
물결무늬를 본다

오후 네 시,

11월의 해는 성질 급한 낮달을 토해 놓고

어둠 속으로

달아날 채비를 하며 숨을 고른다

아내의 일생

TV를 보며 뜨개질하는 손을 본다

손놀림이 빠르게 때론 느리게
뜨개실이 정갈하게 뒤엉켜
아직 형태가 갖춰지지 않은 무늬를 만들며
뜨개질을 한다

한참을 뜨다 허리가 저린 듯
굽은 허리를 펴며 옅은 앓는 소리를 낸다

26년의 세월을 함께한 어깨는 가냘프게 세월을 얹고
몇 해 전 시술을 한 허리는 간간이 세월의 무게를 휘감고
좁은 의자에 꽉 끼인 채 견디고 있다

딸로 자라 며느리가 되고 어머니가 되고
훗날 할머니가 되어 손자를 안고 재롱을 받아줄 손은
골골이 패인 주름 사이사이마다 기나긴 세월의 시곗바늘의
무늬가 꿰어져 간다

인생의 무늬를 온몸으로 버텨낸 아내의 일생一生이
주름진 손마디를 넘어왔다

꽈리 고추를 따던 기억

비닐하우스 가득
가냘픈 가지대 사이로 울룩불룩 비틀어진
연둣빛 꽈리 고추가 오밀조밀 가득 매달렸다

고춧대 사이로 하마 같은 큰 덩치가
비집고 들어가 쪼그려 앉자
톡-톡 수확을 한다

가냘픈 고춧대는 자기 몸이
찢길라 긴장을 하듯
연둣빛이 선명한 빛을 뿜어내며 노려보는 것 같다

'우~두 둑'
하마 덩치에 밀려
가냘픈 가지는 사지가 찢겨졌다

둘째 누나의 불호령이 떨어진다
'이느무 시키, 조심하랬잖아~'

길가에 세워진 비닐하우스를 보면
꽈리 고추에 얽힌 추억과
돌아가신 둘째 누나의 쩌렁쩌렁한 불호령이
들리는 것 같은 환청이 가슴을 찌른다

황성나루

11월 초순 다시 찾은 충주호에서
35년 전 황성나룻터 늙은 뱃사공의
서글픈 노랫가락이 들려오는 듯하다

남으로 강화, 마포를 잇고
북으로 정선, 평창을 향해
돛단배에 짐을 싣고 왕래하던
옛이야기가 들려온다

지금은 물속 깊은 곳으로
만선의 돛단배와 봇짐장수들의
옛 영화는 사라졌지만

구성진 뱃사공의 가락은
노 젓는 물길 사이로
대덕산 금월봉을 돌아
청풍 골짜기를 유유히 지나간다

집으로 가는 길

"2번 출구로 청량리행 열차가
들어오고 있습니다
안전선에서 물러나시기 바랍니다."

12월 둘째 주 금요일
청량리행 열차를 탄다

영월에 와서 처음 타보는 기차다
오랜만에 기차를 타고 집으로 가는 두 시간 동안
추억여행의 향수를 불러왔다

40여 년 전,
장항선 열차를 타고 집에 오시던
어머니가 영월역 플랫폼에
마중 나와 계셨다

김장김치에 내 맛이 사라졌다

'막냇사위가 비비는 김장배추 속이 제맛이지!'
이마에 송골송골 땀방울이 맺힐 때쯤
해마다 들었던 장모님의 덕담은
자양강장제보다 더 힘이 났다

2021년 11월 하순
처갓집 다섯 형제가 평택 장모님 댁에 모여
왁자지껄한 김장축제를 열었던 일도
이젠 추억이 되었다

홍갓, 마늘, 생강, 무채, 까나리 액젓
새우 젓갈, 양파즙, 대파, 육수
배즙이 산처럼 쌓아지고
'콸~~콸콸 소주를 적당히 넣어줘야 감칠맛 나~'
장모님 표 손맛을 좌우할 약간의 소주를 곁들여 넣었다

그 위에 고춧가루를
섞어 버무리면
가을 단풍이
삼십육계 줄행랑을 쳤다

그렇게 배춧속을 버무렸던 나는
지금 서울로 향하는 중앙 고속도로 위에서
방황하는 중이다

올 김장김치엔 내 맛이
사라질 예정이다

치킨집 위자료 청구소동

퇴근하고 집으로 가는 길
옛날통닭에서 튀겨온 프라이드 치킨 한 마리
구수한 냄새가 뱃고동을 재촉한다

뜨거운 통닭을 호호 불며
1단계 날개 찢기
2단계 다리 찢기
3단계 몸통 찢기를 하며
발골 작업을 하는데
뭔가 허전하다

두툼한 다릿살을 한입 물고
캔 맥주 한 모금 마시고
감칠 맛 나는 하얀 깍두기 무를 찾는데
아뿔싸?
무는 보이질 않고 애꿎은 영수증만 나뒹군다

무 없는 조각난 통닭은
그야말로 눈물 없이 볼 수 없는
멜로영화나 마찬가지다
이 환상의 궁합을 박탈한 치킨집 사장에게
내일은 위자료로
옛날 통닭 한 마리 받아내야겠다

사인sign

깅니루~~~~~

살아있음을 알려주는 흔적이다
결과에 대한 책임이다

누군가에게는 살아갈 희망이 되고
누군가에게는 피할 수 없는
운명의 족쇄가 되는,

그러나 2022년은 나에게
공중에 시로 지은 집 한 채
그 위에 새기는 내 두 번째 이름이
살아나는 순간이 될 것이다

제4부

아나콘다에게 먹히다

'눈을 뜨고 있어야
마취되는지 알 수 있어요'
'눈을 뜨세요'
잠시 후, 기억이 흐려지기 시작하더니
육 미터나 되는 아나콘다 한 마리가
나를 노려보며 먹어치우기 시작했다

한 시간 후,
의사가 보여주는
컴퓨터 모니터에는
아나콘다가 훑고 지나간 자리마다
주름 가득한 창자의 모습이 보였다

매끄러운 속살은 아니지만
주인을 잘못 만나 오십여 년을 함께 해온
찌들고 굴곡진 줄무늬가 파노라마처럼 펼쳐졌다
군데군데 일그러진 세월의 흔적이 보였다

'식도와 위가 많이 안 좋네요'
'헬리코박터 검사가 필요해서 조직을 떼어 냈습니다
며칠 후 검사 결과가 나올 겁니다'

그리고 며칠 후,
한 통의 문자 도착했다
'헬리코박터 검사 결과 음성으로 정상입니다'
앞으로도 몸속의 해충들은 모두 아나콘다가
잡아먹었으면 좋겠다

살쾡이의 질주는 무죄

어두운 도로 위,
일상에 지친 주인을 싣고
청령포로 향한다

라이트 불빛 속으로 갈색의 물체가 나타났다
'끼익~~~'
급브레이크를 밟았다

찰나刹那의 순간 살쾡이 한 마리가
몸을 꼬듯 휘청이며 날아올라 가볍게 착지해
나를 한번 힐끗 쳐다보고는 도로를 건너갔다

'휴~ '
짧은 한숨을 내쉬고
가속페달로 발을 옮겼다

오늘은 운수대통할 모양이다

낮달

12월의 차가운 하늘에
낮달이 떴다

반쪽은 어디에 두었는지
나머지 반쪽만 하얗게 시린
겨울 아침을
내려다보고 있다

아버지를 닮았다

2011년 3월 어느 날 아버지는
당진성모병원 1인 병실에서
아침을 평소처럼 드시고
낮잠을 주무시다 어머니가 계신 곳으로
마지막 여행을 떠나셨다

가족들과 한 마디 작별 인사도 없이
아버지는 그렇게 떠나셨다
어머니를 만날 생각에 많이도 설레셨나 보다

장례를 마치고
구십 평생 살아오신
낡은 사진첩 속 피스헬멧*을 쓴
젊은 아버지를 보다가
거울 속의 나를 보는 듯
깜짝 놀라고 말았다

---

* 피스헬멧: 탐험용 모자

어둠이 내린
고향의 논두렁길을 손잡고 걷던 어린 시절의
휘청거리는 그림자 속에서
함박웃음 짓던 아버지의 모습이 따라오고
가족을 위해 늦은 밤까지 일에 매달렸던
가장의 모습도 따라왔다

어느덧 걸음걸이 말투,
기침 소리까지 아버지를 닮아가고 있었다

석주의 전화

'여보세요'
전화기 넘어 친구의 목소리가 들렸다
매일같이 안부를 묻는 전화가 온다
중학교, 고등학교, 대학교 동창인 친구
'석주'의 목소리는 언제나 활기차다

'오늘은 어떻게 지냈냐?'
할 말도 많지 않은데 자꾸 전화한다
일부러 전화를 받지 않은 날은
왠지 미안하기도 하다

요 며칠 전화가 뜸하다
'무슨 일 있나?'
이제는 내가 더 궁금해진다

'여보세요'
이제는 내가 전화를 한다
'오늘 하루 뭐 하고 지냈냐?'
'돈은 열심히 벌었냐?'

전기쟁이 친구 '석주'는
오늘 하루도 열심히 살고 있었다
서로가 서로에게 안부를 묻는 시간은
잘살고 있다는 흔적이 되는 것 같다
저절로 친구의 웃는 모습이 떠올랐다

래아來娶를 바라보며

몇 달 전부터
사랑하는 딸에 대한 시를
준비했다

쓰다 지우고 쓰다 지운
초고草稿만 수십 장이다
딸에 대한 어떤 표현도
어울리는 단어를 골라도
부족했다

비좁은 임대 아파트를 탓하지도 않았고
늘 활짝 웃는 표정을 보여주었다

어릴 적엔 뮤지컬 배우가 꿈이어서
강남의 연기학원에서 꿈을 키웠다

수능시험 날 아빠가 싸준 도시락을 먹었고
학원 한 번 다니지 않고 대학에 들어갔다

작가를 꿈꾸고 있는 딸은
어느덧 내 결혼기념일 숫자와
비슷한 나이의 성인이 되어
인생人生의 고민을 들어주며
엄마 아빠의 친구가 되어주고 있다

새해를 맞은 첫 번째 일요일
딸과 함께 외할머니를 모신
사대문 안에 유일한
대한성공회 서울 대교구
지하 납골당을 찾아 인사를 하고
이른 점심을 먹었다

보고만 있어도 저절로 배가 부른 아가,
네가 내 딸이라서
아빠는 행복하다

추억을 바느질하다

"찌~~~익"
현관에 걸려 있는 구두칼 고리의
모서리에 걸려
겨울 점퍼가 찢어지는
날카로운 소리가 들렸다

팔년 동안 겨울을 따뜻하게 감싸주던
검은색 오리털 점퍼가 일자로 찢어져
하얀 상처를 내밀고 애처롭게
속살을 드러냈다

순간 머릿속이 혼란스럽다
'새 점퍼를 살까?'
'바느질할까?'
'잘 꿰맬 수 있을까?
하루가 지나고 몇 날 며칠을 고민하며
점퍼를 방치하고 말았다

2022년 새해를 맞이하는 새로운 마음으로
옷걸이 모퉁이에 끼어 슬픔을 참아내던 점퍼를
저녁나절 형광등 불빛 아래
반짇고리에서 바늘에 실을 꿰어 하얗게 드러낸 속살을
시침질로 아픈 상처를 꿰매었다

한 시간 동안 바느질하며 점퍼와 함께했던
팔년의 추억을 정갈한 솜씨로 감싸주며
추억을 회상하고
새롭게 탄생한 오리털 점퍼가
다시 내게로 왔다

아들의 첫 명함

‘아버지 이거 받으세요’
까만 명함 한 장이다
스무 살의 나이에 아빠에게 자랑하고 싶은
표정이 얼굴에 가득하다

아직은 철없는 나이라 말을 하지만
고등학교 시절부터 아르바이트를 하더니
대학에 진학하고 나서도
틈틈이 배달 일을 하는 아들의 첫 명함이다

군 입대를 앞두고 휴학을 한 짧은 기간마저
열심히 살아내려는 마음이 전해졌다

학창시절 많은 어려움을 딛고
일찍부터 세상 살아가는 방법을 배우며
여러 사람을 만나 스스로 판단하고
묵묵히 견디는 아들이
어느덧 큰 언덕처럼 내 앞에 서 있다

"제트콜 미아사거리 실장 강범정"이라고 적힌
한 글자 한 글자가
아들의 등을 어루만진 손과 가슴을 울리며
촉촉한 눈가를 지나 따스하게 스며들었다

조무래기 삼총사

초등학교 시절
하교하고 부리나케
친구 집으로 달려갔다

종철이네 집은
우리 집에서 멀지 않은 곳에서
아버지가 밭농사와 논농사를 지었고
나는 친구 연규와 함께 일손을 도왔다

3월이면 노지에 비닐을 씌우고
딸기를 심은 곳에 원두막 텐트를 치고
삼총사가 모여 숙제도 하고
밤새도록 수다를 떨며 새벽이 오는 것을 아쉬워하며
우정友情을 쌓았다

그러던 어느 날
딸기밭 원두막에 불이나 두툼한 3단 스펀지
깔판에 커다랗게 구멍을 내,
종철이 형에게 혼이 나기도 했다

친구와 하우스 대도 심고
허리까지 오는 물속의 미나리깡도 자르고
추수가 시작되면 어김없이
친구 논에 들어가 벼 베기도 하고
논두렁에 앉아 맛있는 새참도 먹었다

벌써 사십여 년 전의 추억이 되었지만
내 기억 속 조무래기 삼총사의 모습은
옛날 그대로다

쿤타킨테라 불리운 소년

어린 시절 쿤타킨테*라 불렸던
아이를 알고 있다
산과 들을 열심히 뛰어다니며
새까맣게 그을린 흔적이 역력했던 흑인 소년,

별명 때문에 놀림감이 되고
결국 주먹질을 하게 된 사연이
생애 마지막 싸움의 추억으로 남아 있다

그물 없는 링에다 농구공을 던지며
농구선수를 꿈꾸었던 아이
간식으로 나온 라면을 먹을 때
하얀 쌀같이 국물에 둥둥 떠다니던
구더기를 후~후 불며
허기진 배를 달래기도 했다

* 쿤타킨테: 미국소설 〈뿌리〉의 주인공 이름

친구들이 신고 있는
메이커 신발이 부러워
부모님에게 심술부리며 졸라
겨우 얻어 신었던 시장표 '나이커' 신발,

어린 시절의 기억이
지천명을 넘긴 나이에 떠오르는 건
나이가 들어갈수록
아이처럼 순수한 마음을 간직하라는
무언의 충고가 아닐까

미류의 추억

고등학교 2학년 여름
어머니가 세상을 떠나고
아버지는 이듬해 새어머니와 세 번째 결혼을 하셨다
나는 새어머니와 한 살 아래 여동생이 생겼다

내가 살던 단독주택은 큰형의 귀향으로
아파트로 옮겨지고
잠잘 곳이 마땅하지 않아
천안의 친구 집에서 하숙을 하며
1년간의 즐거운 일탈逸脫을 시작했다

그때 만난 미류문학동인회 7명의 친구들과
문학기행을 하며 속리산 문장대를 열 번이나 오르고
덕유산도 오르며 친구들과 세상의 이야기에 심취하고
밤새워 토론하며 우리들의 이야기책을 만들었다
'미류未類'

방황의 시간을 함께한 친구들과의
소중한 시간이 사월의 꽃눈이 되어
팔~랑, 팔~~랑
내 기억의 회상回想 속으로 흩날리고 있다

백 번째 이야기

한 편의 시를 통해
과거의 흔적을 찾아 나섰고

한 편의 시를 통해
그리운 가족들을 만났다

한 편의 시를 통해
영월의 자연을 언어의 화폭에 담았고

한 편의 시를 통해
일상의 삶을 노래했다

시詩 쓰기가 시작되고
백 편의 이야기가
정돈된 페이지에 소복이 쌓여
봄과 여름과 가을과 겨울을 만나는 동안

숨죽여 기다려 마음의 여백 속에
새겨 넣은 까만 잉크의
고동 소리는
활화산의 마그마처럼 솟구쳐 올라

밤하늘 별이 되어
밝게 빛날 채비를 서두르고 있다

비지찌개

겨울 어느 날
아낙네의 손에 끌려
나에게 온 비지 한 덩이

다진 돼지고기와 다진 마늘, 참기름,
후추와 어우러져 뜨거운 냄비 속에서
보글보글 끓어오른다

지난해 담근 신 김치가
뜨거운 붉은빛으로 타올라 비지를 감싼다

거실엔 온통
깊은 맛 익어가는 소리로 가득하다
마지막에 새우젓으로 간을 마친 비지찌개는
군침 가득한 입속에 녹아들어
메주콩의 진수를 입안 가득 선물한다

'왕후의 밥, 걸인의 찬'보다
조금은 화려한 식탁 위에
김이 모락모락 피어나는
흰 쌀밥과 비지찌개 한 그릇,

혼자 먹는 만찬이 부끄러워
공연히 아이들을 불러본다
'래아야, 범정아~ 아빠 혼자 먹어서 미안해~'

민충사愍忠祠를 거닐며

이월의 마지막 토요일
아직은 쌀쌀한 바람을 안고
동강의 끝자락 금강정에서
동강을 바라보며 서 있는
민충사愍忠祠를 만난다

세월의 풍파에 패여 낙화암落花巖
비석에 새겨놓은 사연은
깊은숨을 들이마신 가슴 언저리를 휘돌아
긴 한숨을 토해낸다

오백육십오 년 전 단종을 모시던
궁녀와 시종 여섯이 몸을 던진
낙화암

그 시절 동강의 푸른 물결은
서글픈 울음과 핏빛 사연을 품고
소리 죽여 흘렀을 것이다

지금은 가끔씩 지나가는 나그네의
발걸음 소리에 묻혀
꽁꽁 언 세월의 절벽 너머로
모진 바람만 흐르고 있다

거울은 알고 있다

화장실에 걸려 있는
세면대의 거울은
마법에 걸린 듯
내 모습을 감쪽같이 바꿔 놓고
너스레를 떨었다

거울 속에는
큰형, 작은형의
모습이 이리저리
나타났다 사라지고
사라졌다 나타났다

설 전날 오후
한 잔의 술을 마시며
서로의 마법에 걸린
형제의 모습이
따뜻한 술잔에 녹아들었다

청소년과 함께 삼십 년

일천구백구십이 년 십이월 이십 일
사회생활을 시작했다
운동처방사의 꿈을 접고
시작한 첫 직장은 평택 YMCA였다

YMCA의 문을 두드리고
스케이트장을 만든다고 시작한 첫 삽질부터
청소년과 함께 삼십 년의 기간이 흘렀다

어수룩한 율동을 선배들에 배우며
뻣뻣한 내 몸을 원망하고 놀림 받았던 별명
아기공룡 둘리 '희동이'
아기스포츠단, 유아체육, 율동, 어린이 야구단, 축구단, 수영교실
유아캠프 활동과 사회체육 프로그램을 진행했다

캠프장에서 똥 마렵다고 우는 아이를
둘러업고 이백 미터를 달려 미션에 성공하고
캠프 마치고 돌아오는 버스 안
이상한 냄새를 찾느라 삼십 명의 꼬마들 궁둥이 냄새 맡으며
드디어 냄새의 발원지를 찾는 데 성공했지만
혹여 아이가 상처 입을까 방귀를 소리 나게 뀌고
휴게소에 들러 옷 갈아입힌
초능력 메아리반 담임선생님이기도 했다

IMF 위기가 오며 힘들었던 시간의 연속이었다
YMCA를 떠나 취직한 시화공단에서
큰 아이를 임신한 아내가 찾아왔다가 돌아가는 뒷모습을
망연하게 바라보았고
미군 부대 패킹샵에 취직했지만
911테러로 실업자 신세가 되고 말아
아내에게 미안함의 눈물을 흘리기도 했다

파란만장한 30대 시절의 추억이
어제 일처럼 눈앞에 아른거린다
그렇게 보낸 삼십년을 돌아보며
앞으로 걸어갈 삼십년을 가늠해 본다

사랑하는 딸에게

아빠는 벌써부터 실감이 나지 않는다
몇 년 후가 될지 모르지만
눈부신 웨딩드레스를 입은
너의 손을 잡고 들어서는 결혼식장에서
한 걸음 한 걸음 내디딜 때마다
가슴이 철렁 내려앉을 것 같고
눈앞이 캄캄해질 것 같은 상상을 해본다

아장아장 걸음마를 하던 일이 엊그제 같은데
어느새 훌쩍 자라 성년이 되고
밥벌이를 한다니 실감이 나지 않는다
아빠라고 제대로 해준 것도 없고
행복한 추억을 만들어준 기억이 없어서
한없이 미안하고 대견하다

유치원 다닐 때
색연필을 사고 싶다고 졸라대는 너에게
그건 "욕심"이라고 이해하기 힘든 말을 하며
심하게 혼냈던 기억은 두고두고 가슴에 남았구나

초등학교 무렵엔
일 년 동안 아빠와 떨어져 지내면서도
어린 네가 더 어린 동생을 돌보느라
가슴 졸였던
아빠의 빈자리를 생각하면 지금도 가슴이 먹먹하다

이제는 작가를 꿈꾸며 시나리오를 쓰고 있는
네 모습을 설레는 마음으로 바라보고 있다
아직은 비밀을 간직한 작품이라며 입단속을 하는 모습에

저절로 웃음도 나지만
작가가 다 된 것 같은 뿌듯함에 행복이 밀려온다

머지않은 날,
네가 가정을 꾸리고
어여쁜 손주를 안겨주게 된다면 아빠도
곧 할아버지가 되겠지
그 날까지 내 추억의 보물창고에서 자라고 있을
너의 모습을 떠올리며
아빠가 최초의 고백을 전한다

'아빠의 딸로 태어나줘서 고맙다'

아빠가 너를 진심으로 사랑한다

너의 처음부터 마지막까지…

해설

체험적 진술로 빚어낸 나르시시즘의 미학

- 강나루 시집 '쿤타킨테라 불리운 소년'을 읽고

김남권(시인, 문화예술창작아카데미 대표)

코로나19 바이러스가 절정에 다다르는 동안 역대 최고의 접전이었던 대선도 끝나고 봄은 다시 찾아 왔다. 남녘의 꽃 소식으로부터 시작된 새봄을 향한 기대는 그 어느 때보다 간절하고 뜨겁다. 며칠 사이 섭씨 이십 도를 오르내리는 기온으로 하루가 다르게 서둘러 꽃망울 터뜨릴 준비를 하는 나뭇가지들을 보는 마음은 기특하고도 애처롭다. 해마다 봄이 오면 꽃을 피워야 하는 꽃나무의 생은 얼마나 고단한 것일까? 그 꽃나무의 심장 소리에 귀 기울이고 흘러가는 강물 소리의 언어를 새겨들을 줄 알아야 하는 것이 시인의 숙명이다.

이번에 첫 시집 '쿤타킨테라 불리운 소년'을 출간하는 강나루 시인의 시편들은 자연 속에서 봄을 피워내는 순수한 열정과 이미지를 내포하고 있어서 시를 읽고 나면 슬며시 미소가 지어지거나 가슴에 아릿한 통증이 몰려오기도 한다.

고등학교 시절부터 친구들과 '미류' 동인으로 활동하면서

문학 소년의 꿈을 키워 온 그는 지천명을 훌쩍 넘기고 나서야 다시 꿈에 도전하고 있다.

지난해 달빛문학회 동인지에 작품을 발표하며 문학에 대한 열정을 다시 불 지핀 강나루 시인의 시편들 속에는 사랑하는 아내와 딸, 아들이 등장하고 고단한 시절을 살아낸 아버지와 졸지에 자신을 고아로 만들고 일찍 세상을 떠난 어머니, 그리고 달빛문학회 '나도 작가' 문예창작교실에서 만난 이생진 시인을 비롯한 동인들의 사연이, 해학과 재치로 진술하듯 시의 행간을 체험과 상상 이미지로 끌고 가고 있다.

삼십여 년 동안 청소년 기관에서 근무하며 자연과 사람을 향한 진심을 담아온 강나루 시인의 '생의 불씨'가 시를 만나고 나서 내면에 잠재되어 있던 서정의 감정을 시시때때로 불러와 별빛 사리를 쏟아내고 있다. 체험과 상상이 진술과 이미지를 만나 진솔한 내면의 창작 의지를 자극하고 끊임없는 관찰과 사유의 흔적들이 녹아들고 있다.

천천히 걸으면서 보이는 것들은 오래 기억에 남는다. 그 찬찬한 기억들 속에 마음을 담고 의미를 담고 정을 담는 일이 시를 발견하는 첫걸음이다. 키 작은 들꽃 한 송이를 바라보며 공손히 무릎 꿇어 오랫동안 자신을 보듯 꽃을 바라보는 첫 번째 눈빛, 그것이 시인의 길을 밝히는 시간이 될 것이다.

영월에서 서울까지 178Km
2시간 30분 동안
얼굴도 모르고 목소리만 익숙한
'내비' 여사의 안내를 따라 움직인다

차창 밖으로 쏟아지는 가시광선은
흐르는 풍경을 보석처럼 빛나게 하고
올빼미 눈을 남겨놓고 어둠 속으로 사라진다

봄, 여름, 가을, 겨울을
한결같은 실선을 따라 움직이는
네 바퀴의 철가방이
한숨을 몰아쉬며 지친 나를 달랜다

문득 지나치는 일상 속에서
멍하니 주시하는
두 시간 30분 동안
아내보다 친절한 여자에게 빠져
목소리 연애를 종료한다

– 178킬로미터의 여행 [전문]

시간과 공간을 넘나드는 일은 과거와 현재를 넘나드는 타임머신과 같은 착각에 빠지게 한다. 강원도 영월이라는 시골의 군청소재지에서 서울을 오가는 시인의 시선은 마치 과거와 현재를 여행하는 것처럼 환경이 180도 바뀌는 경험이다. 현재를 떠나면 모두 미래로 향하는 길이다.

그리고 현재의 기억은 바로 과거의 추억에 머무르게 된다. 자동차라는 철가방 속에 갇혀서 내비게이션에 입력된 경로를 따라 움직이는 사람의 운명은 누구에게 맡긴 것일까.

영월에서 서울까지, 사백오십리 길을 오가는 동안 시인의 눈빛이 머무는 공간에는 스스로 침묵해야 하는 사람과 자연과 우주를 향한 기억이 입력되고 있을 것이다.

아버지의 밥상에 육회가 올라왔다
오늘 아침 닭장에서 꺼내온
달걀노른자에 참기름, 깨소금을 품은
선명하게 붉은 육질을 바라보느라
눈이 돌아갈 지경이 되어

두 손을 턱에 고인 채 말없이
아버지의 젓가락질만 무심히 바라보고 있으면
빙그레 웃으시며

한 젓가락 입에 넣어주시던

부자지간의 모습을 곁에서 지켜보시느라
어머니의 얼굴에도 붉은
복숭아 물이 들고,
살아오면서 가장 아름다운 만찬이었던 순간이다

– 가장 아름다운 만찬 [전문]

지금은 세상에 계시지 않은 아버지와의 추억은 한순간 한순간이 '아름다운 만찬'으로 기억될 것이다. 가난하고 고단했던 시절 아버지의 밥상에만 올라왔던 달걀노른자에 참기름과 깨소금을 뿌린 한 그릇의 밥은 아버지의 자존심이었고 가장의 권위였으며, 남편의 기를 살리는 절대적인 신성불가침의 영역이었다. 감히 그런 절대 권위에 도전한 막내아들의 역린을 웃음으로 받아넘기며 한 입 넣어주시던 기억은 아버지에 대한 수많은 슬픔도 치유하게 하는 기억이 되었을 것이다. 그 순간을 누구보다 가장 흐뭇하게 바라보던 젊은 어머니의 얼굴에 발그레 물들던 홍조는 또 얼마나 아름다운 꽃으로 피어났을까.

그 순간이 생애 가장 아름다운 만찬이 되었을 것이라는 사실을 미루어 짐작해 볼 수 있다.

275밀리 운동화 속 아들의 검지발가락은
발아래 푹신 거리는 밑창의
포근함도 잊은 채
엄지발가락 머리만큼 툭 튀어나와
밑창에 숨구멍을 토해낸다

슬리퍼 밑창도 땀구멍을 내며 숨을 쉰다
신발 아래로 밀려드는 바쁜 일상이
바람에 시원함을 선물한다

발아래 스치는 바람과 흙먼지를
감싸 안으며
몸을 안내하는 동안
기쁨도 슬픔도 희망도 좌절도 함께
나누는 검지 발가락에도
피곤함이 밀려와
시위를 한다

아들의 검지발가락은
할머니의 검지발가락을 사랑하고
큰아버지의 검지발가락을 동경하며
내 발가락을 흉내 내고 있다

자식의 발가락은 세월이 지날수록
오래된 유전자를 닮아가는
이상한 습관이 있나 보다

– 발가락이 닮았다 [전문]

소설가 김동인이 1932년 [동광] 29호에 발표한 소설 '발가락이 닮았다'가 떠오른다. 김동인의 소설에서 가난한 월급쟁이 M은 생식능력을 잃고 결혼에 이르게 되지만 아내는 곧 임신소식을 전해 오고 무사히 아들을 낳게 된다. 그리고 얼마 후 아들의 기관지 때문에 병원에 들른 M은 아들이 자신의 증조부의 가운뎃발가락을 그대로 닮았다는 것으로 스스로 위안을 삼으며 의사에게 동의를 구한다.

이 작품은 자연과학적 사고를 바탕으로 해부적 방법을 원용하는 자연주의적 수법을 사용하면서도 그 본질은 휴머니즘에 바탕을 둔 작품이다. 즉 M에 대한 의사의 고찰은 실험주의적 방법에 의하여 해부학적으로 현상을 포착한 것이지만, 의사는 결국 발가락뿐만 아니라 얼굴도 닮은 데가 있다고 말함으로써 그의 해부적 수법으로 세계를 인식하려는 태도와는 배치되는 정신으로, M을 구원하는데 이는 곧 휴머니티의 발로라 할 수 있다.

강나루 시인도 자신의 발가락과 닮은 아들의 발가락을

보면서 그 특별한 유전자의 연관성을 억지로 증명해 보이며 김동인의 작품을 소환해내고 있다.

한강 낙동강 발원지 태백에서
굽이굽이 꼬리에 꼬리를 물고
뱀처럼 흘러
바다에 다다르면,

한 많은 나그네의 시름도
굽이굽이 꼬리에 꼬리를 물고
별처럼 흘러
하늘에 다다른다

한바탕 부둥켜
얼싸안고
희로애락喜怒哀樂을
녹여내면
가슴마다 따뜻한
풀 포기 하나 돋아나겠다

– 강물을 따라가면 [전문]

태백의 검룡소에서 발원해 남한강으로 흘러가는 물길과 오대산 우통수에서 발원하여 정선, 영월을 지나 흐르는 동강, 태기산에서 발원하여 평창강을 지나 서강이 되어 영월의 합수머리에서 만나 남한강 상류를 이루어 천리 길을 지나 양수리 두물머리에서 북한강과 합류하여 한강이 되는 물줄기는 일주일에 한 번씩 영월과 서울을 오고 가는 시인의 여정과 닮아있다. 이백여 년 전 뗏목을 끌고 마포나루까지 오갔던 떼꾼들의 사연이 담겨 있는 정선아리랑의 사연을 '강물을 따라가 가면' 만날 수 있을 것만 같다.

어린 시절 내가 살았던 집에는
다락방이 있었다

아버지는 내가 잠들 무렵이면 어김없이 다락방에서
진한 청색의 신비한 병마개를 열고
그 속의 것을 숟가락에 따라 드셨다

아버지가 안 계신 틈을 타
살금살금 다락방으로 올라가
그 신비한 병마개를 열고
홀짝홀짝 들이켰다

달짝지근하고 꽃향기가 나던
그 신비한 약병의 비밀은
내가 삼십 대에 접어들면서 풀렸다

만성 소화불량에 시달리는
체질이라는 걸 알고
병원에서 받은 처방전을 들고
찾아간 약국에서 마주한 익숙한 약병,

어쩔 수 없는 부자지간이란 걸 확인하고
혼자 웃었다

– 암포젤엠 [전문]

부전자전이란 말이 있다. 일말의 의심도 없는 유전자의 복불복을 상징하는 말이다. 어린 시절 아버지가 벽장 속에 숨겨 두고 잠자기 전에 한 모금씩 마셨던 것이 몹시도 궁금해 아버지가 안 계신 틈을 타 꺼내 마신 액체. 그 액체의 비밀은 시인이 아버지의 나이가 되면서 아버지의 유전자를 그대로 이어받은 만성 소화불량 때문에 암포젤엠을 처방받으면서 수십 년 만에 풀리게 된다. 시인을 따라 아들이 이어갈 유전자의 복불복이 벌써부터 궁금해진다. 그래서 씨도

둑질은 못 한다고 했던가.

'미류未類문학동인회'로 청소년기에
시詩를 만나 막연하게
시인詩人의 꿈을 꾸었습니다

그리고 어느덧
지천명知天命의 나이를 지나
가슴에 묻어 두었던 그리움을
만지작거리며
꺼질 것 같던 불씨를 다시 피웁니다

우연히 찾아온 봄의 따스한 기운으로
시를 만나고 습작을 하며
잃어버린 꿈을 찾아 1년의 시간이 흘렀고
두근거리는 마음은
'출판기념회와 시화전'을
향해 한 걸음 다가갑니다

꿈을 꾸던 청소년이
세월의 강을 건너

중년의 나이에 꿈을 만나
심장이 뜨거워지고 있습니다

손가락 끝으로 전해 오는
언어의 온도가
뜨거워지고 있습니다

– 다시 꾸는 꿈 [전문]

시인이 되는 일은 누가 뭐라고 해도 후천적 운명이 작용한다. 고등학교 시절 이미 문학 동아리 활동을 하면서 문집까지 발간한 전력이 있던 강나루 시인은 삼십여 년 넘게 묻어 두었던 꿈을 지난해에 달빛문학회 '나도 작가' 문예창작 교실에 입문하면서 다시 펼치기 시작했다.

달빛문학회 동인지 제5집 '보라색 별'에 다섯 편의 시를 발표하며 문단에 얼굴을 내민 강나루 시인은 지금 스스로 언어의 온도를 높이는 중이다. 미류 동인들과도 다시 소통하며 그날의 설렘을 이어가고 있다. 그리하여 손가락 끝으로 전해오는 온도도 특별하게 느껴질 것이다.

입추가 지난 8월의 마지막 날,

영월寧越을 알리는 역사驛舍 평고대 네 귀퉁이에
하얀 달빛이 매달려
서까래 아래로 은은한 숨결이 흐른다

오색단청에 반한 바람의 손길은
세월이 묻어버린 '영월역寧越驛'이란
궁서체 현판 아래 머물러
가끔씩 오가는 발걸음을
부여잡는다

머리 위로 드리워진 밤 그림자는
방랑시인 김삿갓의 익살스런 웃음소리를 지나
동강 속으로 사라지고
바람에 실려 온 초승달은
동해행 무궁화호의 끝자락에 매달려
플랫폼을 서성거린다

영월에 오는 사람들은 모두
동강이 써내려간
달빛 궁서체宮書體에 빠져든다

– 영월역은 궁서첸니다 [전문]

달빛이 휘영청한 밤중에 영월역에 내려 보면 안다. 달빛 속에서 빛나는 고즈넉한 역사의 풍경이 얼마나 고요하고 슬픈지, 동강 자락 덕포 제방을 넘어오는 낙화암의 바람이 얼마나 시원하고 설레는지, 아는 사람은 다 아는 그런 비밀이 숨어 있다.

"오색단청에 반한 바람의 손길은/세월이 묻어버린 '영월역寧越驛'이란/궁서체 현판 아래 머물러/가끔씩 오가는 발걸음을" 붙잡고 있다. 무궁화호 열차만 하루에 여섯 번 경유하는 영월역은 동해까지 가는 열차와 청량리까지 가는 열차가 교류하는 사람들의 모습마저도 모두 달빛을 닮아 순박한 영월 사람들의 특별한 기억이 머무르는 곳이다.

현판에 걸려 있는 궁서체만큼 역사가 오래된 수탈의 통로이자 회한이 깃든 철로이다.

내가 태어나기 전에 큰어머니와 첫째 누님이 돌아가셨다
코흘리개 시절 친할머니가 돌아가셨다
고등학교 2학년 때 날 낳아주신 어머니가 돌아가셨다
외할머니도 돌아가셨다
셋째 매형이 돌아가셨다
시간이 흘러 구순을 훌쩍 넘기셨던 아버지가 돌아가셨다

우리 집안의 큰조카가 자살로 세상과 이별했다
셋째 누님이 암癌으로 돌아가셨다
아버지께서 세 번째로 맞이하신 어머니가
노환老患으로 돌아가셨다

7남매의 막내로 태어나 생生을 알기 전에
죽음을 먼저 생각하게 했던 많은 시간이 흘러
세월의 굴레로 다가왔다

이제는 부모 없는 고아 신세가 되어 버렸지만
꿈속에서라도 만나고 싶어 불러보아도
공허한 메아리로 외쳐질 뿐
가족의 생로병사生老病死를 품에 안고
세월은 덧없이 흘러간다

– 돌고 돌아가는 길 [전문]

생로병사의 시간은 누구에게나 다가온다. 그렇지만 철도 들기 전에 어린 시절에 만나는 가족의 잇따른 죽음은 자괴감에 빠지게 한다. 분명 자신의 잘못이 아니지만 마치 자신 때문에 자꾸 누군가 죽어 간다고 생각할 수 있기 때문이다. 그것도 혈연관계로 묶여 있는 사람들이 하나둘 곁을 떠나게 된다면 자신의 잘못 아닐까 하는 생각을 가질 수 있기 때문이다.

나이가 들어 부모가 되고 나서도 그 기억은 오히려 선명한 고통으로 남아 있다. 자신의 자식들에게는 그런 전철을 밟게 할 수 없다는 의지를 불태우며 더 치열하게 살아갈 것이다.

어느새 가족의 생로병사가 모두 자신의 일이 되어버린 시인의 가족사가 고스란히 시의 혈관을 타고 진솔하게 전해진다.

허리를 꼿꼿이 세운
손때 묻은 아흔의 지팡이는
노老시인과 함께한
세월의 흔적을 품고
강연장의 객석 옆에 비스듬히 기대어 서 있다

하루 일만 오천 보를 함께 걷고
조석朝夕을 거르지 않고 곁을 지키며
막걸리 한 잔에 흥에 겨워 황진이를 읊을 때
허공을 가로지르는 멋진 춤사위를 따라간다

첫사랑의 기억을 물었을 때,
누구나 다 비슷하다고,
외로워서 시詩를 쓰고

그리워서 시를 쓴다고 했다

'그리운 성산포'를 가슴에 품고
삼천 개의 섬을 떠돌았으며
김삿갓의 슬픔을 담고
My Way, 빈센트 반 고흐를 노래한 시인,

'나는 지금 살아서 시를 쓴다'는 '생자$_{生子}$'는
적어도 90살은 살아야
인생이 보이고 운명 같은 시$_{詩}$를
만날 수 있다고 했다
그의 곁에 한결같은 동행으로 서 있는
저 지팡이처럼,

– 이생진 시인 [전문]

강나루 시인에게 시인의 길을 걸어가는 의지를 불태우고 시인의 기쁨을 알게 한 가장 객관적인 동기부여가 된 것이 지난해 달빛문학회에서 초청한 이생진 시인과의 만남이 아닐까 싶다. 내가 진행을 맡은 작가와의 만남 콘서트에서 이생진 시인은 낭만가객 현승엽 씨와 기타 연주와 노래로 콜라보를 이루면서 읊어댄 노시인의 낭랑한 시낭송의 감동을 잊

을 수 없을 것이기 때문이다. 아흔이 넘은 노시인의 가슴에서 우러나오는 깊은 울림은 시를 어떻게 살아야 하고 시인은 어떻게 세상과 친해져야 하는지 본질적임 물음을 일깨워주기에 충분했다. 그 곁을 동행하는 지팡이가 그 모든 기억을 동행하고 있는 것처럼.

우물 안 개구리들이 줄줄이
어두운 터널을 네 눈 깜빡이며
동그란 정원을 향해 달려간다

어둠은 서로서로 앞서거니 뒤서거니 하는
개구리가 못마땅한지
시끄러운 소리를 내뱉는다
간간이 비치는 네온등은 어둠을 조롱하듯
깜빡이고
반칙하는 개구리에게 휘슬로 경고를 한다

이곳을 지나면 동그란 초록세상이다
우물 밖 정원은
여전히 알 수 없는
미지의 세계로 나를 끌고 간다

두 눈 뜨고
바라보는 세상 밖으로
반칙이 난무한다

– 우물 안 개구리 [전문]

가장 겁이 없는 동물이 우물 안 개구리다. 자존감이 높거나 돈이 많거나 명예가 높아서가 아니라 한 마디로 눈에 뵈는 게 없기 때문이다. 우물 안 세상이 전부인 개구리들에게 우물 밖의 세상은 관심 밖의 일이고 두려움의 대상이 아니다. 그러나 이미 우물 밖의 세상을 살고 있는 개구리들에게 우물은 관심의 대상조차도 되지 않는다. 그렇지만 이런 사실은 모르는 우물 안 개구리들은 우물 밖을 한 번도 나가보지 못한 채 죽음을 맞이한다. 하지만 우물 밖의 세상은 절대로 만만하지 않다. 두 눈 뜨고 바라보는데도 반칙이 난무하고 거짓말과 사기가 판을 치고 눈 하나 깜짝 안 하고 죽고 죽이는 일이 반복된다.

시인은 묻고 있다. 지금 당신이 살고 있는 지점은 우물 안인가? 우물 밖인가?

'나도 작가' 글쓰기 수업 날

김남권 시인이 말했다
'난 달과 별 나비에 대한 시를 많이 쓰니,
하늘에 있는 달과 별은 모두 내 거야'
'큰 별 작은 별 모두인가요'
'별에 대한 시를 쓰려면 사용료를 내야 해
큰 별은 백 원, 작은 별은 십 원'

큰일 났다!
별에 대한 시를 쓰려는데
걱정이다

하늘에 별이 총총 빛난다
오리온, 쌍둥이자리, 북두칠성
청령포 위에 반짝이는 별을 보았다

오리온자리 큰 별 네 개, 작은 별 아홉 개
쌍둥이자리 큰 별 여섯 개, 작은 별 열한 개
북두칠성 큰 별 일곱 개

일천구백원의 별을 세며
조바심이 나는 마음으로
청령포 굽이치는 서강에 반짝이는

별을 줍는다

– 시인의 별을 훔치다 [전문]

윤동주 시인이 바라보았던 별은 마지막 희망이 되었을까, 아니 오늘 우리가 바라보는 별은 윤동주의 별이기도 하고 빈센트 반고흐의 별이기도 하다. 그리고 '나도 작가' 글쓰기 시간에 동강에 비친 별이기도 하다. 그리하여 별은 먼저 맡아 놓은 시인에게 우선권이 있다. 지난해 '나비가 남긴 밥을 먹다'라는 열 번째 시집을 출간하고 꽃, 별, 나비에 대한 상징시를 유난히 많이 수록한 시집을 소개하면서 시 속에 별을 담으려면 사용료를 내라고 했다. 내가 별에 대한 시를 가장 많이 썼으니 당연히 저작권이 나에게 있다고, 억지 아닌 억지 주장을 폈는데 먹힌 모양이다. 강나루 시인은 평생 별에 대한 저작권료를 내게 지급해야 할 것 같다.

월요일 나른한 오후 네 시
김남권 시인과 함께
나타난 만두가 군침이 돌았다

김치만두

고기만두

만두에 둘러앉아

이야기꽃을 피우며

속살이 탱탱한 만두가

저마다의 입속으로 사라질 때

시인의 손에 들린 만두가

두 동강 났다

훼방꾼 앞에

헤어짐이 서글픈 듯 서로 엉겨 붙은

만두 피皮가 찢어져 속살을 드러내며

피눈물을 흘렸다

'아, 만두가 정분 났다!'

– 만두饅頭가 정분 났다 [전문]

"만둣집에 만두 사러 갔더니만 회회인 아비 내 손목을 쥐더이다. 이 소문이 이 가게 밖에 나고 들면 다로러거디러 조그마한 새끼 광대네 말이라 하리라. 더러둥셩 다리러

드러 다리러디러 다로러거디러 다로러 그 잠자리에 나도 자러 가리라. 위 위 다로러디러 다로러 그 잔 데같이 답답한 곳이 없다" 이는 고려가요 쌍화점에 나오는 내용으로 남녀상열지사를 상징하기도 했다. 쌍화는 만두의 모양이 인동초를 닮아서 쌍화라고 불렀다고 한다. 이 노래의 전문을 살펴보면 고려 여인이 간 곳, 손목을 잡은 남자, 소문을 퍼뜨린 대상 셋만 바뀌면서 변주되는 노래다. 이 여인은 1절에서 만둣가게 서역인부터 시작해서 절의 스님, 술집 아저씨, 심지어 우물가에 갔다가 환상종인 용에게도 손목을 잡힌다. 이에 용은 왕족의 은유라는 설이 있다. 그런데 만두가 정분이 났다니 심히 낯 뜨거운 비유가 아닐 수 없다.

아침이 오는 사이
별이 잠들고
새벽 안, 개를 몰고 왔다

발아래 교회당 십자가 불빛은
저 홀로 붉게 빛나고

분주하게 움직이는
아침은

별이 깰까 봐

안개도 밀어내고

고요한 아침을 맞이한다

– 별이 잠든 사이 [전문]

안개가 걷히는 고요한 아침은 세상의 모든 만물이 잠잠하다. 짐승들도 나무들도 물고기도 사람들도 가장 착하게 죄를 잊고 깨어나는 순간이다. 별이 잠드는 순간은 밤이 아니라 낮이다. 새벽이 오면 가장 먼저 잠자리에 든다. 사람들이 깨어나고 짐승들이 깨어나고 물고기가 깨어나는 시간에 별은 잠든다. 그리하여 낮의 온갖 싸움과 시끄러움과 죄를 들으며 잠자리에 든다. 그래서 별이 눈뜨는 밤은 용서와 고백과 씻김의 순간이다. 아무리 흉악한 범죄자도 별을 바라보는 순간만은 가장 맑고 순수한 영혼이 된다.

TV를 보며 뜨개질하는 손을 본다

손놀림이 빠르게 때론 느리게

뜨개실이 정갈하게 뒤엉켜

아직 형태가 갖춰지지 않은 무늬를 만들며

뜨개질을 한다

한참을 뜨다 허리가 저린 듯
굽은 허리를 펴며 옅은 앓는 소리를 낸다

26년의 세월을 함께한 어깨는 가냘프게 세월을 얹고
몇 해 전 시술을 한 허리는 간간이 세월의 무게를 휘감고
좁은 의자에 꽉 끼인 채 견디고 있다

딸로 자라 며느리가 되고 어머니가 되고
훗날 할머니가 되어 손자를 안고 재롱을 받아줄 손은
골골이 패인 주름 사이사이마다 기나긴 세월의 시곗바늘의
무늬가 꿰어져 간다

인생의 무늬를 온몸으로 버텨낸 아내의 일생一生이
주름진 손마디를 넘어왔다

– 아내의 일생 [전문]

뜨개질하는 아내의 손을 가만히 바라보는 화자의 시선은 남편이었고 아버지였고 아들이기도 한, 애틋하고 따뜻한 시선이다. 26년을 한결같이 서로를 바라본 눈빛이 등으로도

느껴지고 손등으로도 느껴진다. 인생의 무늬를 온몸으로 견뎌온 흔적이 남아 있는 몸이 늙고 있다. 저절로 순간순간 통증이 밀려오고 주름살이 깊게 팬다. 한 송이 꽃보다 더 아름다웠던 순간이 저물어가고 있는 것이다. 누군가의 무엇이 된다는 것은 꽃봉오리였다가 꽃송이였다가 꽃잎이었다가 열매를 맺고 떨어지는 것이다. 그 기억은 머릿속에 남는 것이 아니라 피부의 세포 하나하나에 박혀 주름 속에 저장되는 것이다. 그래서 아내의 일생은 꽃의 일생이 되는 것이다.

'막내 사위가 비비는 김장배추 속이 제맛이지!'
이마에 송골송골 땀방울이 맺힐 때쯤
해마다 들었던 장모님의 덕담은
자양강장제보다 더 힘이 났다

2021년 11월 하순
처갓집 다섯 형제가 평택 장모님 댁에 모여
왁자지껄한 김장축제를 열었던 일도
이젠 추억이 되었다

홍갓, 마늘, 생강, 무채, 까나리 액젓
새우 젓갈, 양파즙, 대파, 육수

배즙이 산처럼 쌓아지고
'콸~~콸콸 소주를 적당히 넣어줘야 감칠맛 나~'
장모님 표 손맛을 좌우할 약간의 소주를 곁들여 넣었다

그 위에 고춧가루를
섞어 버무리면
가을 단풍이
삼십육계 줄행랑을 쳤다

그렇게 배추 속을 버무렸던 나는
지금 서울로 향하는 중앙 고속도로 위에서
방황하는 중이다

올 김장김치엔 내 맛이
사라질 예정이다

– 김장김치에 내 맛이 사라졌다 [전문]

우리의 고유 문화유산인 김치는 단순한 음식이 아니다. 만두가 쌍화점으로 오래전부터 노래로 상징적인 의미를 불러왔듯이 수천 년을 이어온 김치는 우리 민족의 자존심이고 역사고 정체성이다. 다른 나라 사람들이 김치를 흉내 내고 맛을 낼 수는 있지만 그 안에 깃들어있는 정신은 절대로 복제할 수 없다. 김장김치를 하게 되는 입동 무렵이 되면 온 가족과 동기간이 모여 배추를 수확하고 씻고 절이느라 하루해가 저물고 한밤중에는 배추 속에 넣을 집마다의 특별한 레시피를 곁들인 소가 만들어진다. 다음 날 아침 일찍부터 절여놓은 배추를 씻고 물기를 빼고 나면 절인 배춧잎을 한 장 한 장 젖히며 소를 골고루 발라 항아리에 담는다. 대를 이어 전해 내려오는 어머니의 손맛과 식구들의 취향이 더해져 완성된 김치는 항아리 속으로 들어가고 김치를 다 담고 나면 미리 삶아 놓은 돼지고기 수육에 겉절이 김치를 싸서 막걸리 한 사발 들이켜면 일박이일의 연례행사는 끝난다. 김치는 단순한 음식이 아니라 우리 민족의 정신이라는 것은 바로 이런 어머니의 혼과 가족의 정이 담긴 최고의 양식이었기 때문이다. 장모님이 편찮으셔서 함께 김장을 담글 수 없는 사위의 심정이 밥정으로 녹아 있다.

몇 달 전부터
사랑하는 딸에 대한 시를
준비했다

쓰다 지우고 쓰다 지운

초고草稿만 수십 장이다
딸에 대한 어떤 표현도
어울리는 단어를 골라도
부족했다
비좁은 임대 아파트를 탓하지도 않았고
늘 활짝 웃는 표정을 보여주었다

어릴 적엔 뮤지컬 배우가 꿈이어서
강남의 연기학원에서 꿈을 키웠다

수능시험 날 아빠가 싸준 도시락을 먹었고
학원 한 번 다니지 않고 대학에 들어갔다

작가를 꿈꾸고 있는 딸은
어느덧 내 결혼기념일 숫자와
비슷한 나이의 성인이 되어
인생人生의 고민을 들어주며
엄마 아빠의 친구가 되어주고 있다

새해를 맞은 첫 번째 일요일
딸과 함께 외할머니를 모신
사대문 안에 유일한

대한성공회 서울 대교구
지하 납골당을 찾아 인사를 하고
이른 점심을 먹었다

보고만 있어도 저절로 배가 부른 아가,
네가 내 딸이라서
아빠는 행복하다

– 래아來娶를 바라보며 [전문]

강나루 시인의 가족에 대한 사랑은 한 사람에게만 머물지 않는다. 돌아가신 어머니와 아버지 그리고 형제들에 대한 애틋한 그리움으로부터 시작해 아내와 장모님에 대한 각별한 마음이 시의 행간 곳곳에 물들어 있다. 그리고 딸을 향한 따뜻한 눈빛과 미안한 감정이 성인이 되고 자신의 길을 걸어가며 어느새 친구처럼 소통하는 사이가 된 모습을 통해서 진한 부녀 사이의 사랑으로 드러나고 있다. 그리고 아들에 대한 툭툭한 사랑도 가감 없이 보여주고 있다. 화자로 감정 이입된 아버지의 모습은 자상하고 따뜻하고 정다운 그것이란 걸 한눈에 눈치챌 수 있어서 시를 읽는 독자도 기쁘고 행복한 공감의 시간을 누릴 수 있다.

'아버지 이거 받으세요'
까만 명함 한 장이다
스무 살의 나이에 아빠에게 자랑하고 싶은
표정이 얼굴에 가득하다

아직은 철없는 나이라 말을 하지만
고등학교 시절부터 아르바이트를 하더니
대학에 진학하고 나서도
틈틈이 배달 일을 하는 아들의 첫 명함이다

군 입대를 앞두고 휴학을 한 짧은 기간마저
열심히 살아내려는 마음이 전해졌다

학창시절 많은 어려움을 딛고
일찍부터 세상 살아가는 방법을 배우며
여러 사람을 만나 스스로 판단하고
묵묵히 견디는 아들이
어느덧 큰 언덕처럼 내 앞에 서 있다

"제트콜 미아사거리 실장 강범정"이라고 적힌
한 글자 한 글자가
아들의 등을 어루만진 손과 가슴을 울리며

촉촉한 눈가를 지나 따스하게 스며들었다

– 아들의 첫 명함 [전문]

아버지와 아들이라는 관계는 경쟁자이자 피할 수 없는 운명의 유전자로 연결되어 있다. 그래서 세상의 모든 아버지는 자신이 걸어온 길을 아들은 선택하지 않기를 기대한다. 그러나 몸속 깊은 곳에 유전자의 씨앗이 남아 있어서 습관을 닮아가고 행동을 닮아가고 심지어 하는 일마저 닮아 비슷한 운명을 이어가는 것을 볼 수 있다. 그래서 아버지는 아들의 거울이기에 자식을 낳고 양육하는 동안 아버지가 아들에게 보여주는 모습은 아들이 성인이 되고 다시 아버지가 되었을 때 자신의 인생을 살아가는 가장 중요한 지침서가 된다. 물론 딸도 그 길을 보고 배우고 배우자를 선택하는 중요한 운명의 기준점이 된다.

아들이 아르바이트를 하며 내민 첫 명함은 그래서 자신이 남자로 최초의 출발을 알리는 신호탄이기도 한 것이기에 수많은 감정과 애증이 교차하는 순간이기도 한 것이다.

어린 시절 쿤타킨테라 불렸던
아이를 알고 있다

산과 들을 열심히 뛰어다니며
새까맣게 그을린 흔적이 역력했던 흑인 소년,

별명 때문에 놀림감이 되고
결국 주먹질을 하게 된 사연이
생애 마지막 싸움의 추억으로 남아 있다

그물 없는 링에다 농구공을 던지며
농구선수를 꿈꾸었던 아이
간식으로 나온 라면을 먹을 때
하얀 쌀같이 국물에 둥둥 떠다니던
구더기를 후~후 불며
허기진 배를 달래기도 했다

친구들이 신고 있는
메이커 신발이 부러워
부모님에게 심술부리며 졸라
겨우 얻어 신었던 시장표 '나이키' 신발,

어린 시절의 기억이
지천명을 넘긴 나이에 떠오르는 건
나이가 들어갈수록

아이처럼 순수한 마음을 간직하라는
무언의 충고가 아닐까

– 쿤타킨테라 불리운 소년 [전문]

쿤타킨테라는 이름은 '뿌리'라는 소설이 영화와 드라마로 공개되면서 쿤타킨테 역을 맡은 흑인 배우 말라치 커비의 모습이 드러나면서 전 세계에 아프리카 출신 노예를 대표하는 상징적인 인물로 각인되었었다. 이 영화는 미국에 정착한 한 가족의 여정을 통해 고통 속에서 생존하고 그들만의 유산을 지켜내려 했던 그들의 의지를 그려내며 미국의 노예제도의 역사적인 현장을 재조명한 작품이다. 다른 사람보다 유난히 피부색이 검어서 불리게 된 별명이 오늘의 시인을 만드는 중요한 불꽃이 된 것이다. 강나루 시인도 자신의 별명을 통해서 운명을 바꾸는 소중한 터닝포인트가 되고 있는 것이다.

강나루 시인의 시는 체험적 진술로 빚은 상상의 이미저리다. 유년의 기억을 둘러싸고 있는 상처와 심리적 고통, 가족을 향한 무한 애정, 그리고 청소년들과 함께한 삼십년의 시간들이 담담한 고백으로 다가온다. 한 편의 시는 시를 쓰는 시인뿐만 아니라 시의 행간을 따라가는 독자들에게 같은 호흡을 느끼게 하고 같은 심장을 관통하게 하는 마력을 가지고 있다. 그러므로 한 줄의 시는 누군가의 운명을 바꾸는 좌우명이 되기도 하고 생명을 살리는 기폭제가 되기도 하는 것이다. 강나루 시인의 시가 내면에 충실하며 나르시시즘의 미학으로 승화되고 있는 것도 더 높은 곳을 향한 사유와 상상의 이미지를 구현하기 위한 몸부림이기 때문이다. 그 치열한 상처의 중심에서 피 흘리는 꽃 한 송이로 만개하기를 기대해 본다.